ARTHUR CHÉREAU

En Express

MONOLOGUE EN VERS

DIT PAR

COQUELIN AÎNÉ, *de la Comédie-Française*

PRIX : UN FRANC

PARIS

PAUL OLLENDORFF, ÉDITEUR

28 *bis*, RUE DE RICHELIEU, 28 *bis*

1886

Tous droits réservés.

EN EXPRESS

MONOLOGUE EN VERS

IMPRIMERIE GÉNÉRALE DE CHATILLON-SUR-SEINE. — A. PICHAT.

EN EXPRESS

MONOLOGUE EN VERS

PAR

ARTHUR CHÉREAU

DIT PAR

COQUELIN AÎNÉ, *de la Comédie-Française*

PARIS

PAUL OLLENDORFF, ÉDITEUR

28 *bis*, RUE DE RICHELIEU, 28 *bis*

—

1886

Tous droits réservés.

EN EXPRESS

J'aime beaucoup à voyager,

Mais seul : la compagnie empêche de songer

Et de bien voir le paysage ;

Et puis il me déplaît de causer, quant à moi,

Avec n'importe qui touchant n'importe quoi ;

D'un mot, je suis un peu sauvage.

Chacun son naturel. Lors donc que je voyage,

Je recherche l'isolement

Et, la tête en dehors de mon compartiment,

Je veille, de peur qu'on ne l'ouvre,

Comme jadis la garde aux barrières du Louvre.

Un jour, ainsi campé, j'attendais le départ.

Ceux qui voyaient mon air se sauvaient autre part.

Tout le monde se loge enfin et je m'installe,

Seul ! — Mais j'avais compté sans les gens en retard

Un monsieur hors d'haleine entre comme un Vandale.

— La vapeur siffle. En marche !— Un monsieur très gentil

Peut-être est-il discret et me laissera-t-il,

Sinon tant pis pour lui, je fais quelque scandale !

     — Il me salue et fort civilement,

     Je lui réponds et fort brutalement.

Il m'oppose un cigare et moi je lui réplique

Du geste un refus sec. Sans se décourager,

       Après certain coup d'œil oblique

       Il va jusqu'à m'interroger :

—« Allez-vous loin, monsieur? » — J'enrageais, taciturne,

Renfoncé, renfrogné comme un oiseau nocturne.

       Bavarde tant qu'il te plaira,

       Morbleu ! Je suis sourd. On verra. [l'oreille.]

— « Monsieur, allez-vous loin?... » — Et moi je tends

Dieu sait pourtant s'il parlait bas !
— « Allez-vous à Lyon ?... allez-vous à Marseille ?...
— Non, merci, je ne fume pas... »
Ah ! ah ! pensai-je, admirable riposte !
Pouffant de rire, il retourne à son poste.
Plus que lui je riais, sauvé sans trop de mal,
Quand il conclut : «'est-il sourd l'animal ! »
Eh ! eh ! pensai-je un tant soit peu morose,
Pour un faux sourd tout n'est pas rose !...

Bientôt il descendit — seul — et remonta deux :
Une petite femme au parfum capiteux,
Aux yeux noirs pétillants, à la bouche maligne,
Vive comme l'anguille aux méandres glissants.
Bienheureux le pêcheur qui la prit à la ligne !
Ah ! maintenant causons, cher monsieur, j'y consens !
Or c'était une jeune et fraîche mariée,
Je le sus par la suite et qu'à ce rendez-vous
Elle avait rejoint son époux.

Elle eut, m'apercevant, une moue ennuyée.

—« Bah ! lui dit-il, Charlotte, il est sourd comme un pot. »

Décidément j'étais capot.

— « Quoi ! sourd ? réfléchit-elle en frappant ses mains folles,

Nous pourrons donc au moins nous aimer en paroles ?...»

Oh ! oh ! pensai-je, impossible ! il me faut

D'honneur les inviter à n'aimer pas tout haut !...

— « Huit jours, reprit la jeune femme,

Huit longs jours sans se voir et, quand on se revoit,

N'être pas seuls !...» — Chacun alors ouvrit son âme,

Où l'autre s'abreuvait comme un oiseau qui boit.

— « Tu crois qu'il n'entend pas ? disait la pauvre amie ;

— Qui ? lui ? s'exclamait-il, pas plus qu'une momie !

— Quel dommage ! au physique il n'est pas mal pourtant. »

(Là, de n'être pas sourd j'étais assez content.)

— Peut-il en cet état se marier quand même ?

Poursuit-elle d'un ton contrit,

Comment s'y prendrait-on pour lui dire : je t'aime ?...»

Là-dessus, d'un fantasque esprit

Sans doute aiguillonné par ma sotte présence,

Elle me décocha toute sa médisance,

Tous les désagréments de cette infirmité
Dont j'affectais trop bien l'impassibilité,
     Un étourdissant babillage,
     Des gammes de rire éclatant.
  — « C'est un colis, dit-elle en m'inspectant,
     On s'est trompé dans l'emballage ! »
(Là, de n'être pas sourd je n'étais plus content !)
Elle allait, se grisant d'une ivresse enfantine,
     Et répétait dans ses ébats :
    — « Mais, Gaston, puisqu'il n'entend pas !... »
On est puni par où l'on pèche. — La mutine
Me guettait : un moment je détourne les yeux
Et j'entends le baiser le plus séditieux !...
     De son audace peu commune.
Elle tremble après coup, elle articule : « Ciel !...
— Il rêve, dit Gaston, il marche dans la lune ! »
Ce sont eux qui marchaient dans la lune... de miel !
    Je n'osais plus me retourner, profane.
  — « Ah ! murmurait un organe charmant,
    Ah ! s'il était aveugle, seulement !
— Moins encor, s'il dormait !» soupirait l'autre organe.

Dormir ! si je faisais semblant ?
Sans mentir, j'en eus la pensée
Séduisante, mais repoussée,
Et je me retournai, comme Argus vigilant.

Je déplorais d'ailleurs mon stratagème.
Ces rôles tiers sont singuliers.
Depuis les papillons jusqu'au couple lui-même
Tout conjuguait le verbe : « J'aime » ;
J'étais dans mes petits souliers,
Refroidi sur le pittoresque,
Rêvant Arlésienne, Espagnole ou Mauresque.
— « Dormira-t-il ? entendais-je toujours.
Dors, voisin ! soufflait l'un ; l'autre : dors, roi des sourds ! »

C'en était trop. Plus prompt que le salpêtre
Et m'affublant d'un titre redouté,

> — « Non ! dis-je avec autorité,
> Je ne dormirai pas, je suis garde-champêtre !... »
> D'ici vous jugez de l'effet.
> L'épouse rougit fort et l'époux stupéfait : [monde... »]
> — « Vous n'étiez donc pas sourd ? — Hé ! pas le moins du
> A ces mots, comme un chat qui gronde
> Il se hérisse furieux,
> Va me manger le nez ou m'arracher les yeux,
> Quand le train s'arrêtant, madame saute à terre
> Et, pour couper court au procès,
> Entraîne à quelques pas monsieur qu'elle fait taire.
> Colloque entre eux et rire !... enfin un vrai succès.
> Gaston m'offre la main et moi, de ma portière
> Saluant et déjà roulant vers la frontière :
> — « Un peu plus, leur criai-je, et je verbalisais !... »

FIN

Imprimerie Générale de Châtillon-sur-Seine. — A. Pichat.

MONOLOGUES

LE MONOLOGUE! monologue en prose, par E. Bourrelier, dit par de Féraudy, de la Comédie-Française. . . . . I »

LES MICROBES, monologue par Maurice Millot, dit par Coquelin cadet, de la Comédie-Française . . . . I »

MON DUEL, monologue par Paul Nac. . . . . I »

MON PARAPLUIE ! monologue en vers, par Élie Frébault, dit par Félix Galipaux, du théâtre du Palais-Royal. . . . . I »

LA MOUCHE, monologue en vers, par Émile Guiard, dit par Coquelin aîné, de la Comédie-Française, 23e édition . . . . . I »

LE MOUCHOIR, monologue en vers, par G. Feydeau, dit par Félix Galipaux, du théâtre du Palais-Royal . . . . I »

LE MOYEN DE RESTER FILLE, fantaisie en vers, par V. Revel, dite par mademoiselle Gabrielle Réjane, du Palais-Royal, in-18. I »

LA NOURRICE, monologue, par Ernest Daudet, dit par Mlle Reichenberg de la Comédie-Française. . . . . I »

ON DEMANDE UN MINISTRE! monologue en prose, par Maurice Desvallières et Gaston Joria, dit par Mlle Thénard, de la Comédie-Française. . . . . I »

LE NOUVEAU-NÉ, poésie par Eugène Adenis, dite par Mlle Reichenberg de la Comédie-Française . . . . I »

PAR TÉLÉPHONE, saynète par Jules Legoux, jouée par Mlle Thénard de la Comédie-Française. . . . . I »

LA PETITE CHOSE, par V. Revel, monologue en vers, dit par Mlle Réjane, du Vaudeville, et par M. Galipaux, du Palais-Royal. I »

LA PETITE RÉVOLTÉE, monologue en vers, par G. Feydeau, dit par mademoiselle O. d'Andor, des Variétés . . . . I »

PETIT-JEAN, par J. Truffier, à-propos en vers, dit à la Comédie-Française par Coquelin aîné, le 21 septembre 1878, à l'occasion du 239e anniversaise de la naissance de Racine, in-18. I »

LE PETIT MÉNAGE, monologue en vers, par Georges Feydeau, dit et illustré par Saint-Germain, du théâtre du Gymnase. . . . I »

LE PIANISTE, monologue en prose, par E. Morand, dit par Coquelin cadet, de la Comédie-Française. . . . . I »

LE POT A FLEURS, monologue en vers par Henri Lefebvre, dit par F. Galipaux du théâtre du Palais-Royal . . . . I »

POUR LES JEUNES FILLES, monologue en vers par Jacques Normand, dit par Mlle Barretta, de la Comédie-Française. . . . I »

LA PRÉDICTION, poésie par André Alexandre, dite par madame Émilie Broisat, de la Comédie-Française. . . . . I »

PROJETS POUR DIMANCHE, (triolets) par Lucien Cressonnois, monologue dit par Saint-Germain, du théâtre du Gymnase. . . . I »

LE RASTAQUOUÈRE, monologue par Th. de Grave, dit par Coquelin cadet, de la Comédie-Française. . . . . I »

LA REVANCHE DE LAURE, deux lettres en vers, par Alphonse de Launay, dites par Volny, de la Comédie-Française. (Illustrations de Gaston Béthune et Édouard d'Otémar. . . . . . I »

LE REVOLVER, monologue par Eugène Adenis, dit par Coquelin aîné, de la Comédie-Française. . . . . I »

RIBAUDON, monologue par Jean Mégin, dit par Coquelin cadet, de la Comédie-Française. . . . . I »

LA ROBE DE PERCALINE, monologue en vers, par J. Berr de Turique, dit par Mlle Barretta, de la Comédie-Française . . . . . I »

SÉRAPHINE, fantaisie en vers, par V. Revel, dite par Coquelin cadet, de la Comédie-Française. (Dessins de Parmégiani). . I »

Imprimerie générale de Châtillon-sur-Seine. — A. Pichat.

9 782019 963828